KB193431

Choose to be Happy

나는 행복을 선택했어요

숲소녀의 휴식이 되는 이야기

글 그림 애뽈

차
례

CHAPTER 2

숲으로 향하는 여름

CHAPTER 3

가을 한 아름

CHAPTER 4

겨울이 그린 그림

말하고 싶지만 직접 소리 내어 말하기 어려운 이야기들이 있습니다. 설명하기 어려운 감정, 꿈꾸는 삶, 평화로운 순간, 내가 좋아하는 공기의 냄새. 저는 작은 소녀의 몸을 빌려 제가 표현하기 어려운 것들, 들려주고 싶은 이야기들을 그려왔습니다.

제가 그린 숲소녀의 삶은 자연스러움을 좋아하고, 소소한 즐거움을 발견할 줄 알고, 가까이 있는 존재의 소중함을 아는 분들로부터 과분한 사랑을 받아왔습니다. 그런 분들의 꾸준한 응원과 피드백 덕분에 숲소녀 이야기를 지금까지 그려올 수 있었습니다.

그림을 그릴 때 가장 힘든 두 가지는, 무엇을 그릴지 머릿속 화폭이 텅 비어 있을 때와 무엇을 그려도 즐거움을 느끼지 못할 때인 것 같습니다. 숲소녀 시리즈를 그리기 바로 직전까지의 제가 그런 상황에 처해 있었던 것 같습니다. 꾸준히 그려야 한다는 압박감에 저에게 영감을 주지도 행복을 주지도 않는 그림들을 닥치는 대로 그렸고, 제가 그린 그림에게 제 스스로도 위안받지 못하던 시절이었습니다. 그때 저는 조금 우울했습니다.

그러다 좋은 제안을 받아 '숲소녀 일기'라는 제목으로 연재를 시작하게 되었습니다. 평소 좋아하고 치유받는 공간인 '숲'과 그 속에서 온전히 숲을 느끼고 만끽하는 소녀, 그리고 그녀의 작은 동물 친구들을 그리기 시작했습니다. 우리는 이미 너무 많은 사람과 부딪치며 분주하게 살아가고 있기에 이 그림 속 세계에는 더 이상의 사람이 필요치 않았습니다. 제가 좋아하

는 나무와 꽃, 풀잎, 하늘과 구름, 바람으로 채웠습니다. 계절의 변화로 찾아오는 매일 다른 순간들을 담아내는 것으로도 충분했습니다.

이 책은 숲속 소녀의 사계절을 담은 책이지만, 저의 몇 년간의 기록이기도 합니다. 근래 가장 많이 생각한 것이, 행복은 멀리 있지 않다는 것, 손만 뻗으면 닿을 수 있는 곳에 있다는 것, 내가 발견하기만을 조용히 곁에서 기다리고 있다는 것이었습니다. 가까이 있는 행복한 순간을 찾으며 숲과 계절, 순간의 감정과 생각들을 솔직하게 담았습니다.

이 책을 펼쳐 잠시 우리에게 바짝 다가온 계절을 느껴보세요.
어제와 살짝 다른 바람 냄새, 공기의 느낌, 조금 더 키가 자란
꽃나무… 저와 당신이 같은 생각을 하며 작은 미소를 지을 수
있다면, 그린 이로서 더한 행복은 없을 거예요.

✦ CHAPTER 1 ✦

고마운 봄의 소식

행복한
기분을 만드는 방법

볕이 잘 드는 창가에서 마시는
향이 좋은 차 한 잔,
마음을 울리는 책의 글귀,
절로 드는 기분 좋은 생각들.

평온하고 행복한 기분을 만드는 데에는
크고 값진 것은 따로 필요 없어요.
나에게 잠시 순간을 즐길 시간을 내어주는 것,
그런 작은 것이면 돼요.

네가 있어 다행이야

이 세상에 아무도 없이
나 홀로 살아간다고 한다면….

함께 길을 걷고,
어여쁜 풍경을 보고,
그날의 소소한 일상을 나눌 이가
아무도 없다고 한다면….

하지만 나는 그런 상상조차 제대로 할 수가 없었어.

외롭고 쓸쓸한 기분이 찾아올 틈 없이
모든 걸 함께하는 나의 작은 친구들이 있기 때문이지.
오늘도 네가 있어 참 다행이야.

창문 너머 어느새

기분 탓일까요?
오늘 창밖의 풍경이 유난히도 싱그러워요.
여린 순이 움터 있던 나뭇가지 위에도,
골짜기를 지나 저 멀리 산의 머리 위에도,
푸른빛 싱그러운 색으로 물들어 있어요.

언제쯤 올까 했던 봄은
어느새 창문 너머 내 곁에 와 있네요.

잔잔하게 불어오는 바람이
나에게 말을 걸어오는 것만 같아요.

오늘도
참 고마운 하루

고개를 들어 하늘을 바라보면
살짝 눈을 감아야 할 정도로 눈부신 햇살이
따스하고 행복한 기운으로 나를 감싸 안아줍니다.

어때요,
지금 시간 괜찮으면
우리 함께 걸어볼까요?
평화롭고 아름다운 이 시간이
소중한 선물이라는 것을 다시금 떠올리면서요.

반가운 비

봄을 기다리던 식물들에게
반가운 소식이 찾아왔어요.
촉촉한 빗방울 말이에요.

마른땅을 적시고
식물들이 목을 축이고 나면
푸른 잎과 색색의 꽃들로 가득한
아름다운 숲을 곧 만날 수 있을 거예요.

손을 뻗어 손바닥 가득 빗방울을 담아보고
나도 이 비에 조금은 성장하는 기분에
방긋, 얼굴에 미소를 머금어봅니다.

바람에 흘려보내요

지니고 있으면 힘든 감정은
모두 모아 바람에 흘려보내요.

애써 되새기며 곱씹어가기보단
내가 어찌할 수 없음을 알고
놓아주는 것이 낫겠지요.

한껏 골치 썩던 문제들을 모두 흘려보내고 나니
바람 한 줄기 나를 어루만지며
잘했다는 듯 머리를 쓰다듬어줍니다.

잠에서 깨어날 시간

겨우내 쌓였던 눈은
봄을 깨우는 소식이 되어
마른땅 위를 촉촉이 적시고,

잔뜩 움츠린 채로 한 계절을 버텨낸 작은 생명들도
이제는 하나둘 피어날 시간입니다.

곧 맞이하게 될 따스한 날에
푸릇푸릇, 싱그러운 모습으로
우리 다시 만나기를.

하루 더 가까이,
봄

매일매일이 새로워요.
봄을 담은 연둣빛과 노랑빛이
흙 속에서, 마른 나뭇가지 위에서 움트고,
아침의 이슬, 점심의 햇살, 저녁의 바람을 맞아
매일 조금씩 내 눈앞의 풍경을 바꾸어요.
싱그럽고 따뜻하게.

어제보다 오늘
조금 더
봄에 가까워져 갑니다.

어제보다 오늘
조금 더
너에게 다가갑니다.

너의 온기

언제나 고마워.

머리를 짓누르는 고민이 쌓여 있어도,

나로서는 어쩌지 못하는 일들이 찾아와도,

모든 것이 허무해질 때도,

내게로 다가와

체온을 나누어주는

너.

언제나 고마워.

무슨 말을 하지 않아도 좋아.

그저 나를 꼭 안아주는 것만으로도

나는 또 훌훌 털어버리고 웃을 힘을 얻어.

나의 온기도 너에게 그런 힘이 되기를….

봄의 길목에서

하얗게 쌓인 겨울 눈은 어느새 모두 녹아내려
숲을 깨울 준비를 하고 있어요.

흙을 밀어내고 뾰족이 머리를 내민 연둣빛 새싹과
꽃대를 올린 작은 식물들.
이따금씩 불어오는 바람마저 온기를 품고 있네요.

어느 날 문득 문을 열고 밖을 나섰을 때,
포근한 봄이 나를 반갑게 맞이해주었으면 해요.

가벼운 외투 하나 걸치고
맘에 드는 신발 골라 신고
내가 먼저 봄을 찾아가는 것도 좋겠어요.

숲에서 만난 사슴

산책길에서 우연히 만난
뿔이 멋진 사슴.

조심스레 내민 손에도 가만히 있는 걸 보니
우리는 어쩌면
친구가 될 수 있을지도 모르겠어요.

꿈에서 만나요

마음이 두근거릴 정도로 재미있는 책을 읽고 나면
머릿속에 가득 담아놓고 빨리 잠을 청하고는 했어요.

책 속에 나왔던 상앗빛 뿔을 가진 유니콘도,
상상 속에서만 가능했던 하늘을 나는 멋진 내 모습도,
꿈에서라면 모두 만날 수 있어요.

지금, 행복한가요?
지금, 보고 싶은 사람이 있나요?
그렇다면 즐거운 기분으로 어서 잠자리에 들어요.
당신이 보고 싶고 만나고 싶어 한 모든 것이
조금 뒤 꿈속에서 이루어질 테니까요.

봄 햇살이 머무는 오후

봄의 오후,
숲이 제일 반짝이는 시간.
늦은 점심 식사 전에
창문을 활짝 열어두었어요.
봄 손님도 함께할 수 있도록요.

갓 구워낸 크루아상과 버터,
데운 우유 한 잔이 전부인 소박한 식사지만,
어깨를 간지럽히는 햇볕의 아롱거림과
열린 창을 타고 다가온 봄바람,
창문 너머로 손 흔드는 꽃들이 함께하니
그 누구도 부럽지 않은
우리만의 최고의 식사네요.

은방울꽃 그네

조그마한 방울이 달랑달랑 소리를 낼 것 같은 은방울꽃.
따스한 오월이 되면 만날 수 있는,
제가 참 좋아하는 작고 예쁜 꽃이에요.

은빛 방울을 닮은 꽃이 주렁주렁 달려
무거운 듯 휘우듬히 늘어진 줄기에
줄을 매어 나뭇잎을 달면
꼭 요정들이 타고 노는 그네 같을 거예요.

은방울꽃 만개한 숲에 앉아
고운 꽃을 바라보며 재미있는 상상에 빠져듭니다.

포옹

"사랑해. 고마워. 축복해."
지금, 아끼는 이를 품에 안고 이렇게 말해보세요.

꼭 안고 있으면 내게로 전해지는 온기가
지치고 힘든 기억은 멀리 보내고
"괜찮아, 다 괜찮아" 하는 위안만을 남겨요.

기분 맑은 날

땀 흐르지 않는 보송한 공기.
덥지도 춥지도 않은 기분 좋은 온도.
머리 위의 하늘은 보드라운 하늘색이에요.

날씨가 맑은 것만으로도
덩달아 기분 좋아지는 오늘.
내딛는 발걸음마다 행복이 묻어나요.

늘 생각해요.
우리가 발견할 수 있는 행복과 감사함은
내 곁에 언제나 존재한다는 걸요.

당신에게 전하고 싶은
마음 한 다발

소리 내어 말하기 쑥스러워
작은 꽃 한 다발을 준비했어요.

꽃말 속에 숨긴 내 마음을 알아줄까요?

한낮의 꿈

고깔 모양의 나무가 가득한 숲의 오솔길을 따라
산을 오르면 하늘로 향하는 흰 계단이 있습니다.

계단을 오르면 만날 수 있는 구름 그네를 타고
힘껏 발을 구르면 멀어졌다 가까이 다가오는
연보랏빛 하늘.

눈썹처럼 얇고 고운 달을 바라보며
나는 한참이나 그네를 탔지요.

책을 읽다 스르르 잠이 들어버린 어느 오후,
파스텔 빛으로 물든 환하고 포근한 꿈이었습니다.

말할 수 없는 마음

누구에게나 쉬이 말하지 못하는 마음이 있어요.

깊은 곳 어딘가 꼭꼭 숨겨두어
어설프고 설익은,
형체 없이 무엇인가가 되어버린 마음.

전하지 못하는 마음들은
어디로 갈까요?

끝을 살짝 잡아당기면 열리는 작은 쪽지처럼
어쩌면 알아채기 쉬운 곳에 있을지도 몰라요.

누군가 이 마음을 알아주길 바라면서
종이배에 내 마음까지 접어
멀리 띄워 보내요.

지혜가 열리는 나무

가슴이 답답하고 도무지 해답을 찾지 못할 땐
이런 나무를 상상해보곤 해요.

궁금한 것이 있을 때,
당신과 나 사이에 맺힌 문제의 매듭을 풀지 못할 때,
어떻게 내일을 준비해야 할지 막막할 때,

나무에 맺힌 열매를 따듯
책을 펼쳐 읽을 수 있는,
지혜가 주렁주렁 달려 있는 나무를 상상해보곤 해요.

오늘은 어떤 이야기가
나를 채워줄까요.

이 순간을
간직할 수 있다면

하늘은 더없이 화창한 가운데
따스한 햇볕을 잔뜩 받은 땅은 이에 보답하듯
하얗고 노란 들꽃들을 세상에 보내주었어요.

귀 기울이면 들리는 새의 노래와
산토끼, 다람쥐, 작은 동물들이 움직이는 소리,
내 곁에서 평화로이 잠든 친구들.

더없이 행복한 이 순간을
그림으로나마 간직하고 싶어요.

편한 자세

참 이상해요.
편한 자세일수록 바른 자세는 아니라고 하니까요.
의자 등받이를 팔로 안은 채 턱을 괴고,
허리와 다리를 축 늘어트리니
온몸의 긴장이 풀리고 마음도 편안해집니다.

방금, 나만의 이상하고도 편한 자세를 하나 찾았네요.
누구도 신경 쓰지 않고
실컷 늘어지는 순간들이
우리 모두에게 필요하잖아요.

점심 미술 시간

기다란 바나나 입과 완두콩 깍지로 만든 코,
꼬불꼬불한 시금치 머리카락에
반짝 빛나는 방울토마토 눈.

흰 접시를 도화지 삼아
기분 좋은 얼굴을 그려요.

손만 뻗으면 우리는 늘 웃는 얼굴을
만들 수 있어요. 지금 당신 앞에 놓인 걸로도요,
충분히.

눈부신 저녁의 순간

해가 져도 눈이 부십니다.
어두워져도 눈이 부시는 풍광이 있다는 걸,
아시나요?

밤이 깊게 찾아오기 전
분홍빛 노을이 숲을 덮어가는 시간.

빛과 어둠이 조화롭게 각각의 존재를 뽐내는 시간,
하루 중 가장 평온한 시간입니다.

멀리 날려 보내요

내뱉지 못하고 끌어안고만 있던
하나둘의 작은 고민들을
풍선 속에 후후 불어 넣어
가볍게 날려 보내요.

생각이 꼬리에 꼬리를 물며 커지고
작은 고민이 부풀어 걱정이 되기 전에,
어느 순간 감당하기 힘든 무게를 지니기 전에요.

멀리 날려 보내요.

선택의 문

세상에는 수많은 사람들만큼이나
저마다의 다양한 선택이 있어요.

무엇을 선택하고
어떤 길을 가든지
모두 소중한 결심이고 용기라는 걸
가끔은 잊고 비뚤게 볼 때도 있어요.

그 길을 걸으며 겪어야 할 많은 일들,
걱정의 시간과 책임의 순간들,
그리고 결정의 과정들을 생각하며
굳게 닫혀 있던 문을 열고 한 걸음 내딛는
당신의 용기를 응원해요.

✦ CHAPTER 2 ✦

숲으로 향하는 여름

책 산책

읽고 싶은 책 한 권 손에 들고
가벼운 걸음으로 산책을 가볼까요?

초록이 싱그러운 여름의 숲은
책장을 넘기기에 아주 멋진 곳이에요.

햇볕 아래

오늘 오후는 그저 가만히 누워 있으면 어때요?
쏟아지는 햇볕도 두 눈을 감고 있으면
그리 따가운 것만은 아니거든요.

따뜻한 밥 위에 올려진 달걀 프라이나
시럽이 뿌려진 동그란 팬케이크처럼
따뜻한 햇살에 이불을 말리듯
우리 지금은 그냥 햇살 아래에 늘어지듯 누워 있어요.

어딘가에 꼭꼭 담아두었던 걱정거리도
말간 햇볕에 전부 바싹 말라버리도록요.

별의 비

수많은 별이 내리던 날
밤하늘은 마치 바다처럼 일렁였고
별들은 마치 흩어진 파도처럼
알알이 반짝거렸습니다.

그런 밤이면 나는
숲의 가장 높은 곳에 올라
하늘 높이 손을 내밀어보는 상상을 합니다.

바라면 분명 만날 수 있을 거예요.
밤하늘을 적시는 수많은 별들 중
당신이 내게로 온 것처럼요.

여름 장미

벌써 그런 계절이 찾아왔나요?
장미들이 어느새 꽃망울을 터트리며
붉고 탐스럽게 피었어요.

한낮의 따사로움에 이마가 조금 촉촉해질 무렵,
온 숲이 초록 식물들로 풍성하게 몸집을 키우는 요즘,
우리 집 담장에도 빠알간 여름이 활짝 피어났습니다.

이맘때의 장미는 어떤 꽃보다도 화사하고 향기로워
잠시 숨을 참았다 듬뿍 들이마시면
입가에 절로 장미 같은 미소가 지어집니다.

마음속에 이는 파문

누군가 던진 돌멩이 하나에도,
후드득 떨어지는 빗방울에도,
작은 낙엽 조각에도,
내 마음속 고요했던 수면이
여지없이 흔들릴 때가 있습니다.

커졌다 작아졌다 일렁이는 물결처럼 흔들리는
내 마음을 바라봅니다.

서서히 잔잔해질 때까지
가만가만 지켜봅니다.

발걸음

오늘,
같이 산책할래요?

바람이 귓가를 스치며
말을 걸어오고
폭신폭신한 땅은 온전히 내 몸을 받치며
나를 응원하네요.

맑은 날씨만큼이나 경쾌한
오늘의 발걸음.

우리,
같이 걸어요.

바다를 상상해요

참 더운 날이에요.

시원한 곳으로 떠나기 어려운 상황이라면
큰 대야에 시원한 물을 받아 발을 담근 후
눈을 감고 상상해볼까요?

백사장을 밟고 있는 내 두 발에 철썩이는 파도가 맞닿고
옷자락을 간질이는 바닷바람이 느껴질지도 몰라요.
머릿속 가득 파란 바다를 상상하고 나면
온종일 나를 괴롭히던 더위도 훌훌 날아갈 거예요.

나의 작은 여름 정원

아무리 더워도
이 더위가 가져다준
선물을 잊을 순 없지요.

뜨거운 여름 햇살 듬뿍 쐬고
화사하게 피어난 꽃들을 보면
이 더위를 탓한 마음이
조금은 미안해집니다.

나무 그늘 양산

초여름의 햇볕은
땀을 비처럼 내리게 하는 구름 같아요.
우리는 더위에 더 젖기 전에
녹음이 우거진 깊은 숲으로 갑니다.

빛을 받아 반짝이는 아름드리나무의 잎사귀는
훌륭한 양산이 되어
해도, 더위도 모두 막아주었어요.
더운 이마에 맺혔던 땀은 어느새 식어
시원함만 남겨주었네요.

여행 계획표

우리,
다가오는 주말에 어디론가 여행을 떠나요.

오랜만에 바다를 가보는 것도 좋겠어요.
즐거운 물놀이로 오후 시간을 보내다가
시원한 수박을 나누어 먹고,
눈부신 백사장을 거닐며
예쁜 모양의 조개껍데기를 줍는 건 어때요?
햇볕에 피부가 익을 수 있으니
챙이 큰 모자와 얇은 겉옷을 가져가요.

아직 여행을 떠난 것도 아닌데
이렇게 계획을 세우는 것만으로도
설레고 행복해져요.

소파에 새 옷을 입혀주었어요

조금은 낡은, 거실의 일인용 소파.
여름을 맞이해 화사한 옷으로 갈아입혀 보았어요.

큼지막한 꽃잎이 곱게 그려진
보드라운 천으로 새 옷을 입혀주니
옛 모습은 기억나지 않을 정도로 새로워요.

가만히 앉아 있으면 마치
만개한 꽃 속에 파묻혀 있는 것 같은,
저만의 새 소파가 생긴 기분입니다.

초대해요, 이 숲으로

오늘도 숲은 모험 가득한 놀이터예요.

널찍한 돌계단과 냇가의 징검다리는
가위바위보 놀이를 하며 뛰기 좋고,
태풍에 쓰러진 아름드리나무는
균형 잡기 평균대가 됩니다.

이상하게도
숲속에서 흘리는 땀은
우리를 더욱 싱그럽게
만들어줍니다.

같이 놀아요, 이 숲에서.

나무 놀이터

숲의 나무는 우리에게
작은 놀이터가 되어주었습니다.

오르고, 매달리고, 뛰어내리고,
용기를 품게 하고, 모험심을 내보게 합니다.

그러다 지치면
가만가만 나무를 꼭 껴안아봅니다.
시원한 휴식까지 주네요.
자, 그럼 다시 놀아볼까요?

흔들 잠

해먹 위에 누워 풋잠에 들어요.
끄덕끄덕, 규칙적인 작은 흔들림이
깃털처럼 보드라운 잠에 들게 합니다.

지치면,
한숨 낮잠을 자봐요.

힘들면,
한숨 돌렸다 다시 해봐요.

버섯 우산

무엇보다 힘든 일은
내게 찾아온 장마가 대체 언제쯤 끝날까 하는 것이었어요.

할 수 있는 모든 일을 하고
스스로 힘을 내보려 했지만,
날이 갈수록 점차 버거웠어요.
비는 그칠 생각을 하지 않았죠.

그러다 당신이 내게 다가와 주었어요.
어떤 묘안을 제안하거나 큰 도움을 준 것도 아닌데
곁에 있는 것만으로도 나는 점차 괜찮아졌어요.
마음속 내내 머물던 장마도 어느새 그치고 말았지요.

아마 당신은 그런 사람인가 봐요.
거센 빗방울도, 내리쬐는 뙤약볕도 막아줄 수 있는
보드랍고 포근한 우산 같은 사람.

능소화 피는 계절

이번 여름에도
능소화가 흐드러지게 피었습니다.

다른 꽃들이 꽃잎 하나씩 떨구며 질 동안
온전한 꽃송이 툭, 툭, 땅에 떨어뜨리며
질 때조차 아름다운 능소화.

그리움이라는 꽃말처럼
여름이면 능소화를 기다립니다.
여름이 깊어갈수록
깊은 색으로 물들어가는 능소화.

올여름도
따뜻한 등불처럼 주홍빛으로 숲을 환히 밝힙니다.

내일의 옷

내일은 어떤 옷을 입을까?
다가올 즐거운 시간들을 상상하며
입고 갈 옷을 골라봅니다.

두근거리는 마음으로 맞이할 내일은
고른 옷의 파란색만큼이나
맑고 푸른 날씨일 거예요.
내 마음도, 내 기분도 함께 맑을 거예요.

꽃 한 송이

너에게 주고 싶은
한 송이의 싱그러운 여름.

너에게 주고 싶은
오늘의 행복.

당연한 것들에 대한 감사

아무리 더운 여름이라 해도
이마에 맺힌 땀을 식혀줄 신선한 바람은 불고,
초록빛 아름다운 계절을 보고 걸을 수 있는 두 눈과 다리,
편히 쉴 수 있는 나만의 공간이 있다는 것에,
감사해요.

힘들고 지칠 때
내 곁을 항상 지켜주는 이들이 있다는 것에
오늘 또 감사해요.

너무 당연해서 잊고 있었던 것들을
오늘은 하나둘 소리 내어 감사해보기로 해요.
언제나 나와 함께 있어주어 고맙다고.

시원해졌으면 좋겠어

도무지 끝나지 않는 여름.
이런 더위에는
시원한 빙수 속으로
들어가고 싶은 기분이에요.

느린 하루

시간은 변함없이 흘러간다고는 하지만
오늘 하루는 유독 제자리인 듯싶어요.

하는 일도
하고 싶은 일도 없이 보내는 하루에
시계 초침 소리만 째깍째깍
머릿속을 울립니다.

불안해하지 않아도 괜찮다고.
가끔은 이렇게 시간을 보내도 괜찮다고.
그렇게 말해줄래요?

그네

더위가 한풀 꺾이는 오후 네 시.
할 일이 따로 없는 날이면
나는 종종 뒤뜰에 매인 나무그네를 타곤 해요.

몸을 움직여 그네가 점점 더 높이, 더 멀리 갈수록
저 멀리 있는 숲도, 졸졸 흐르는 시내도 내게 가까워져요.
닿을 수 없는 것처럼 느꼈던 하늘도 손에 잡힐 것 같아요.

그네를 더 멀리 탈수록
푸른 계절이 내게로 가까이 와닿는 기분이 들어요.

느긋한 오후

오후 두 시,
점심 식사를 하기엔 조금 늦은 시간이에요.
번잡스럽게 식사를 준비하기보단
간단하게 차려 식사 겸 티타임을 갖기로 해요.
노릇하게 구운 토스트와 달걀 프라이,
차게 우려낸 녹차를 곁들여서요.

며칠간의 장마 끝에 맑게 갠 오늘,

창문 너머 살랑이며 다가온 볕과 바람에

이미 늦어버린 식사는 더 느긋해지기만 합니다.

요정들의 춤

숲속을 산책하다 보면
귀여운 모양의 버섯을 만날 수 있어요.

습기를 촉촉하게 머금은 그늘에서
보드라운 모자를 쓴 버섯은
하나둘 돋아난 모습도 무척 신기하지만,
나무 밑에 둥글게 줄지어 돋아난 버섯들은
아주 드물게 만나볼 수 있는 희귀한 모습입니다.

동그란 고리처럼 자라난 버섯들은
작은 요정들이 둥글게 뛰며 춤을 출 때 흘렸던
마법가루의 흔적일지도 모르겠어요.

나무에 가만히 등을 대고 앉아 눈을 감으면
작은 요정들이 눈앞에 생생하게 떠오릅니다.
아주 즐겁고 행복한 춤을 추는 모습으로요.

노을 바다

어둑해진 하늘 너머로
아득히 붉은 해가 멀어져 가는 지금은
하루 중 가장 그윽한 빛을 내는 시간.

이맘때의 하늘은
내 마음속에 얼마나 신비한 생각들을 불러오는지.

가만히 바라보고만 있어도,
어쩐지 노을 바다에 빠져 헤엄치고 있는 듯해요.

이렇게 잠깐, 바라만 볼게요.

해를 바라보는 마음

아무리 뜨거운 볕이라도
그저 기쁘게 해를 바라보는 해바라기처럼
누군가를,
혹은 하나의 꿈을 바라보는 삶은
어떤 걸까, 생각해봐요.

나에게도 그런 사람,
그런 꿈이
찾아올 날이 오겠죠.
활짝 피어난 꽃과 같은 마음으로
기다립니다.

CHAPTER 3

가
을
한
아
름

기댈 수 있는 사람

의지하고 싶을 때
잠시 기대어 쉴 수 있고
따가운 시선을 가려줄 수 있는
그늘 같은 사람.

모진 비바람 다 막을 수는 없지만
예고보다 일찍 내린 가는 보슬비를
잠시 피해갈 수 있도록
싱그러운 나뭇잎을 가득 매단
나무 같은 사람.

내가 당신에게
그런 사람이 되어줄 수 있다면.

가장 행복한 순간

나에게 가장 행복한 순간이 언제인지 아세요?

바로 지금처럼
서로의 온기를 나누며
꼬옥 껴안고 있는 순간이에요.

얼마만큼 왔나요?

가을이 얼마만큼 왔을까요?
먼 골짜기를 건너 두 번째 언덕 즈음 지났을까,
아니면 자작나무 숲 오솔길까지 왔을까요?

엊그제는 평소보다 더웠는데
가을도 먼 길 오느라 잠시 쉬었나 봐요.

두근거리는 마음을 안고
높은 산꼭대기에 올라가 보니
어느새 가을은 바로 우리 발밑까지 와 있네요.

가을 햇살이 드리워진
억새 숲 사이로

어제와는 사뭇 다른 선선한 바람이 지나가며
내 귓가에 비밀 하나를 들려주네요.

오늘도 아름답고
내일은 더 아름다울 거라고.

내일 날씨, 맑음

내일 날씨는 꼭 맑았으면 해요.
푸른 하늘에 하얗게 떠오른 뭉게구름 아래
가을빛으로 온화하게 익은 숲속을
마음껏 뛰고 달리면서 오후를 보낼 예정이거든요.

맑은 하루인 것만으로도 선물 같은 계절,
가을입니다.

계절의 옷

내가 사는 이곳 푸른 숲은
계절마다 고운 옷을 갈아입고
예쁜 것들로 온몸을 장식하곤 해요.

봄에는 연둣빛 잎사귀와 화려한 꽃 화관,
여름에는 눈이 부실 만큼 초록 잎사귀 옷을,
겨울에는 새하얗고 보드라운 눈 코트를 입지요.

곧 만날 가을엔 어떤 옷을 차려입고 나를 만나러 올지
무척이나 기대됩니다.

깊고 그윽해지는 계절

걷기 좋은 계절이에요.

가을 햇볕이 아무리 따갑다지만,
우거진 숲길은 마음껏 걸어도
땀 한 방울 맺히지 않아요.

매년 이맘때가 되면
초록으로 눈부시게 빛나던 나뭇잎이
노랗게, 붉게, 저마다 숨겨왔던 색을 꺼내어
자랑하곤 하지요.

아차, 하면 지나가 버릴 짧은 계절.
산책하며 매일같이 달라지는 숲의 모습을
눈으로, 호흡으로, 마음으로 담습니다.

한 움큼의 가을

당신에게 선물하고 싶은
가을 한 움큼.

당신에게 선물하고 싶은
고요한 마음 한 움큼.

당신에게 선물하고 싶은
평온한 시간 한 움큼.

사랑한다는 뜻과 같아요.

가을 베레모

내겐 가을을 꼭 닮은 낡은 베레모가 하나 있어요.
보드라운 재질에 작은 버튼이 달린 갈색 베레모예요.

아끼는 원피스를 입고 책 한 권 손에 들고 외출하는 날,
이 베레모를 쓰면 왠지 조금 더 가을에
다가간 기분이 들어요.
집으로 돌아오는 길엔 베레모를 벗어 손에 들고
그 안에 작은 솔방울이나 나뭇가지를 담아 올 거예요.
나뭇가지에 노끈으로 솔방울을 매달아 장식을 만들어
현관에 걸어두면 아주 근사할 거예요.

이런저런 즐거운 상상을 하며 옷걸이 맨 위에
베레모를 걸어둡니다.
내일 외출할 때 잊어버리지 않도록
잘 보이는 곳에 말이에요.

꽃 담은 차 한 잔

가을 햇볕에 예쁘게 마른 국화,
희고 커다란 얼굴을 가진 목련이나
보랏빛 천일홍,
작고 노란 생강나무의 꽃들.

한 송이 한 송이 조심스레 거두어
정성스레 덖은 꽃차를 만들었어요.

아름다웠던 그 계절의 꽃이 그리워지면
언제든 꺼내 마셔요.

향긋한 김이 모락모락 피어 코끝에 닿으면
금세 행복한 기분에 빠져듭니다.

우산 없이 비를 맞으면

우산도 소용없는 비를 만나게 되면,
굵고 몰아치는 소나기를 만나게 되면,
가는 우산대를 붙잡고 어깨를 움츠리기보단
차라리 우산을 접고 내리는 비를 맞는 것도 괜찮아요.

온몸이 흠뻑 비에 적셔지고 나면
비가 얼마만큼 오든 상관없이 자유로워져요.
옷자락에 조금 튄 빗방울에는 짜증스러운 마음이 일어도
이렇게 흠뻑 비를 맞고서는 어쩌면
배시시 웃음이 날지도 몰라요.

책 속 세계로 가는 문

빼꼼하고 문을 열어봐요.
무엇이 나를 기다리고 있을까요?
낯모르는 누군가가 들려주는 신비로운 이야기가
기다리고 있을까요?
아니면 겪어보지 못한 모험이 있을까요?

아직 읽지 못한 책의 첫 페이지를 넘기고
책 속 세계로 들어가는 순간은
언제나 두근거리고 흥미로워요.

지금 나와 함께 손잡고
이 책 속으로 들어가 볼까요?

네가 발견한 특별함

"그 속에 대체 뭐가 있는 거니?"

내가 알아차리지 못하는
특별한 무언가를
너는 항상 찾아내곤 해.

나는 너의 그 특별함이 좋아.

코스모스

내가 가을을 좋아하는 이유 중 하나는
산들산들
바람결에 나부끼는 코스모스입니다.

언제나 그 자리에 있는 친구처럼
코스모스는 가을이 되면 묵묵히 내 곁에 와 있습니다.
그래서 그 소중함을 당연하게 여기는 실수를 하며
스쳐 지나갈 때도 있습니다.

"예쁘다, 고맙다, 내가 널 좋아해."
코스모스를 바라보며 말해줍니다.
고마운 친구에게 말하듯.

나를 불렀나요?

마른 나뭇잎 밟고 뛰어가는
다람쥐 소리인가요,
나무 사이를 시원하게 지나는
바람 소리인가요.

누군가 나를 불러세우는 소리에
잠깐 고개를 돌려봅니다.

아무래도 희고 붉은 코스모스
서로 얼굴 부비며 인사하는 소리였나 봅니다.

손을 펼쳐 코스모스 꽃잎 쓰다듬으며
나도 인사를 건넵니다.

낙엽 연주

낙엽이 소복이 쌓인 길을 걷는 것은
무척 즐거워요.

낙엽이 떨어지기 시작했을 때는
내가 가는 길에 카펫을 깔아놓은 듯
곱고 폭신하고요.

시간이 조금 흘러
낙엽들이 가을바람에 바싹 말라갈 무렵이면
바스락바스락
더욱 재미있는 산책길이 되지요.
내딛는 걸음마다 들리는 소리는
마치 낙엽들이 연주하는 소리 같아요.

커튼 좀 닫아줄래요?

커튼 좀 닫아줄래요?
우리는 지금 아주 다디단 잠에 빠져 있거든요.

눈꺼풀 위를 간질이는 햇살이
우리의 작은 행복한 순간과 함께하고픈가 봐요.

미안하지만,
커튼을 좀 닫아줄래요?
아주 조금만 더 이대로 있고 싶어요.

거울

세상엔 수많은 거울이 있어요.
있는 그대로의 나의 모습을 비추는 거울도 있지만
남들에게 보였으면 하는 모습으로
어색하게 꾸며낸 모습을 비추는 거울도 있지요.

여러 거울 앞에 서서 나 자신을 비춰봐요.
어떤 거울 속의 나는 애써 입꼬리를 올리며 웃고 있고
한 거울 속의 나는 눈물을 뚝뚝 흘리고 있어요.
외면하지 않고 거울 속의 나를 바라보며
오롯이 나 자신을, 있는 그대로 나의 모습을
바라봐요.

온전히 사랑할 수 있도록.
부족해도, 서툴러도, 아직 많은 부분에서 어리숙해도
나 자신을 비추는 거울 앞에 서서
온전히 나 자신을 사랑해주는 연습을 해요.

둥글게 엮은 가을

짧게만 느껴졌던 가을이 아쉬워
색이 바래어가는 잎을 매단 마른 가지들을
한 다발 품에 안고 집에 왔어요.

둥글게 엮은 가지 사이로
촘촘히 엮은 울긋불긋한 잎들.
아끼는 리본을 달아
가을 리스를 완성했어요.

만지면 바스락 소리가 날 것 같은
낙엽 리스는
방문 앞에 걸어놓고
오래도록 바라보며 간직하고 싶은
넉넉한 가을의 추억이에요.

전등갓 모자

이것 보세요, 은근히 잘 어울리지 않나요?
마치 재미있는 모자가 하나 생긴 기분이에요.

어때요, 내 얼굴도 환하게 빛나나요?
아무려면 어때요, 우리가 함께 즐거우면 됐지요.

숲의 모빌

서서히 따뜻한 색으로 물들어가는 나뭇잎과
살짝 휜 나뭇가지 대여섯 개,
떨어진 솔잎 사이에서 발견한 아름다운 솔방울.

한데 엮어 늘어트리니 멋진 모빌이 되었어요.
살랑살랑 부는 바람에 흔들리는 모습이 마치
바람결에 인사하는 푸른 숲의 모습 같아요.

자연에서 온 것은 어떤 작은 것이든 아름답고 편안합니다.

손끝에 닿는 가을의 촉감

노르스름하게 구워진 듯한
비스킷 색의 억새 잎과
가을 햇볕에 못 이겨
붉고 노랗게 익어가는 초록 잎들.
가볍고 조금은 건조한,
손끝에 닿는 가을의 촉감.

시간의 흐름을 온몸으로 느껴봅니다.

말린 꽃

아무리 아름다운 꽃이라 해도
시간을 이기진 못하나 봐요.
화사했던 색도 싱그러웠던 모습도
어느새 빛을 잃고 말았죠.

하지만 여전히 아름다워요.

처음 그 빛깔은 아니지만
가을을 품은 듯 그윽하게 물들고
마르고 버석해 보일지라도
꼿꼿하게 자신의 모습을 간직하고 있어요.

마른 꽃,
어쩌면 꽃은 두 번 피는 걸지도 몰라요.

일기장

즐거웠던 일과
조금은 서운했던 일도,
가슴 두근대는 설레는 일과
홀로 반성해야 하는 일도,

그날의 솔직한 마음을 한 글자 한 글자
나만의 일기장에 적어냅니다.

누군가에게 보일 일도
꾸며내어 내세울 일도 아니기에
있는 그대로의 나를 이곳에 담습니다.

온전히 나에게 솔직해지는
오늘 하루 나의 일기는,
'그립다'라는 말로 시작합니다.

오늘도
이렇게나
눈부신 하루

서랍 속에 잠자던 카메라를 들고
밖으로 나가 무엇이든 찍어볼까요?

온 숲에 깔린 오색 빛깔 낙엽 카펫도,
잔잔한 호수에 비친 맑은 하늘도,
카메라 렌즈에 담긴 모든 풍경이
한 폭의 그림 같아요.

오늘도 이렇게나 눈부신 하루입니다.

너를 담은 사진

내가 너를 사진으로 담는 것처럼
너도 나를 사진 찍듯 바라보고 있어.

우리 오래오래 서로를 기억하자.

낙엽 비

십일월의 어느 날,
나무 아래 가만히 눈을 감고 앉아 있으면
나뭇가지에서 한 잎 한 잎 떨어지는 낙엽이
마치 소리 없이 내리는 가을비 같았어요.

한 겹 한 겹 쌓이는
낙엽 위로
차곡차곡 생각을 정리해봐요.

CHAPTER 4

겨울이 그린 그림

떠오르는 기분

기분에도 무게가 있다면 어떨까요?

지금 같은 기분이라면

풍선처럼 둥실 떠오르고 있을 텐데 말이지요!

새들은 어디로 갈까

서늘한 기운을 머금은 바람에
조금 더 도톰한 옷을 찾게 되는 요즘.
시린 하늘을 가로질러
날갯짓을 재촉하는 새들의 무리가
종종 눈에 들어옵니다.

가을과 겨울의 길목에서
이 새들은 어디로 가는 걸까요.
추운 계절이 오기 전에
반드시 가야 할 곳이 있는 걸까요.

새들이 들렀다 간 자리엔 곧 겨울이 찾아와요.
먼 길을 떠난 새들에게 다가올 창공은
온화했으면 싶어요.

오후의 쉼

해야 될 일들을 모두 마친 이른 오후.
든든히 먹은 점심 덕분에 노곤해진 가운데,
따뜻한 김을 내는 차 한 잔, 그리고
짧은 이야기가 담긴 책 한 권과 시간을 보내요.

창을 통해 들어오는 햇살이
책장의 글자 위를 아롱대고,
무릎 위를 덮고 있는 담요가
조금 덥게 느껴지는 순간에는
잠깐 졸음이 밀려올지도 몰라요.

온통 포근한 것들에 둘러싸여 보내는 하루는
나에게 주는 따뜻한 선물입니다.

다정한 선물

슬슬 찬바람이 불어요.
다가올 추위에 당신이 아프지 않도록
작고 포근한 선물을 하나 준비했어요.
어때요, 따뜻한가요?

커튼을 바꿔볼까요?

슬슬 집 안에도 겨울맞이 준비를 할 때예요.
소파 위에는 두툼한 담요를,
현관 앞에는 털이 복슬복슬한 실내화를,
그리고 거실 큰 창엔 겨울용 커튼을 새로 달지요.

도톰하면서도 보드라운 겨울 커튼은
창문 틈새의 차가운 바람을 막고
벽난로의 온기를 집 안에 오래 머물게 해요.

작은 소품과 커튼을 바꾸는 것만으로도
익숙한 우리 집이 어딘지 모르게
새로워지는 것 같아요.

책을 읽기엔
너무 포근한 오후

분명 바른 자세로 앉아 책을 읽고 있었는데
어느샌가 나도 모르게 스르륵 바닥에 눕고 말았어요.

한겨울 찬바람을 막으려 창문을 닫았지만,
고운 햇살은 창문 너머 내게로 포근히 내려앉았지요.

읽고 있던 책은 눈을 가리는 지붕이 되어
단잠의 집으로 나를 데려갑니다.

아마도 오늘 오후는 책을 읽기엔 너무 포근했나 봐요.
아무렴 어때요. 이렇게 포근한데요.

겨울맞이

겨울이 오면 우리는 겨울맞이 준비를 해요.
포근한 깃털 옷을 빼입은 참새처럼
옷장 속 깊숙이 넣어두었던 도톰한 외투를 꺼내고
부드러운 털실로 짠 목도리와 장갑도 준비하지요.

숲을 가로질러 매섭게 다가오는 찬바람도
눈이 오고 차갑게 얼어붙을 겨울의 숲도
이제는 두렵지 않아요.

따뜻한 외투와 보드라운 장갑, 그리고
얼어붙은 내 손을 잡아줄 당신이 있으니까요.

봄은 봄이라서 좋고
겨울은 겨울이라서 좋아요.
함께할 당신이 있으니까요.

별똥별 내리는 숲

푸른 밤과 새벽 사이,
어두운 하늘을 가르고
수십 개의 유성이 쏟아집니다.

서둘러 가면 숲에 떨어진 별을
찾을 수 있지 않을까 싶어
잠에 감기려는 눈을 애써 뜨며,
외투를 걸치고 집을 나섰어요.

램프 하나에 의지한 채로
저 멀리 보얀 빛을 쫓아
사박사박 재촉하는 걸음들.

어쩌면 오늘 밤에는 만날 수 있을지도 모르겠어요.
흰 자작나무 숲속, 환한 빛을 내며 떨어져 있는
별똥별들을 말이에요.

하얀 눈 손님

이른 아침, 누군가 소리 없이 문을 두드렸어요.
문을 열고 보니
희고 아름다운 눈 손님이
우리 집 문밖에도 찾아왔네요.

우리 어서
코트와 장갑을 챙겨서 길을 나서요.
온 숲에 눈이 내려 얼마나 아름다운 모습일지
상상만으로도 두근두근
마음이 설레는걸요!

겨울 산책을 나서요

조금은 움직이기 힘들 정도로 옷을 껴입어야 해요.
털모자와 목도리는 물론,
솜이 누벼진 장갑과 부츠도 빠트리면 안 되지요.
옷장 속 가장 두꺼운 외투를 골라 입고 목까지 단추를 채워요.
겨울 칼바람을 헤치고 산책길에 나서려면
이 정도 준비는 꼭 필요하답니다.

눈이 오고 나서는 잠깐 날이 풀리기도 하지만,
이번 겨울은 꼭 그렇지도 않네요.
그러니 따뜻하게 챙겨 입고 집을 나서야 해요.
돌아오는 길에는 눈사람을 만들며
한참을 놀다 올 수도 있으니까요.

겨울이 그린 그림

평소보다 밝은 아침이었어요.
잠이 덜 깬 눈을 비비며 창밖을 바라보니
온통 하얀 눈 세상이 나를 반깁니다.

집을 나와 조금 내려가면 나오는 낮은 언덕길,
사철 푸른 나무가 가득한 상록수 숲의 초입에서
우리는 멋진 겨울 풍경화를 만날 수 있었어요.
뭉게구름이 지나는 하늘과
멀리 눈이 쌓여 희고 푸르게 보이는 산맥.
나뭇가지마다 매달린 눈과
양털 카펫처럼 보드랍게 눈이 쌓인 바닥.

빈 액자 틀만 가져다 놓으면
어디든 멋진 그림이 되네요.
눈 내린 숲은 겨울에만 만날 수 있는
하얀 풍경화입니다.

시리얼 한 컵 어때요?

오늘 아침은 시리얼 한 컵 어때요?
건조 딸기와 아몬드, 구운 귀리와 달콤한 옥수수,
바나나칩과 크랜베리 살짝 넣은
시리얼도 좋아요.

커다란 머그잔에 시리얼과 신선한 우유를 부어
한입 가득 작은 즐거움을 채워요.

오늘도 활기찬 아침이에요.
당신의 아침도 활기차기를!

너의 둥근 바다

나의 짧은 생각으로
너의 세상이 아주 작게만 보였지만
가까이 다가가 시선을 마주할수록
답답하고 작아 보이던 너의 세상은
점점 더 커져만 가.
우리를 포근히 감싸주는
둥글고 큰 바다처럼.

온종일 우울

이상한 날이에요.
새까만 먹구름이 계속 나를 쫓아다니는 것처럼
하루 종일 우울하고 나쁜 생각만 하게 되네요.

이럴 땐
잠깐 나를 가만히 내버려두면 돼요.

아무 말도 할 수 없고
어떤 표정도 지을 수 없는 날.

맞지 않는 신발

애초에 맞지 않는 것을
억지로 구겨 넣어봤자
한 걸음 한 걸음 내디딜수록
시간이 흐를수록

남는 것은
붉게 까지고 짓무른 상처뿐이겠지요.

혼자만의 시간

누군가 흔들어놓은 찻잔의 표면도
가만히 내버려두면 잔잔해지는 것처럼,
혼자 있는 시간은
소란한 마음을 가라앉히고
솔직한 나를 발견하는 계기가 됩니다.

혼자서 고요히 침잠하면
마음속 물결은 점차 잔잔해지고
깨끗이 닦은 거울의 표면처럼 나를 비추어
비로소 솔직한 나를 만날 수 있게 됩니다.

우리에게
하루에 단 5분이라도
혼자만의 시간이 필요한 이유입니다.

크리스마스를 기다려요

다가올 크리스마스를 기다리며
반짝이는 것들로 채운 집 안은
평소와는 다른 두근거림으로 가득해요.
하루빨리 크리스마스가 왔으면 좋겠어요.

분명 즐거운 크리스마스가
될 거예요

커다란 트리 한가득
반짝이는 전구와 오너먼트로 장식을 해요.
테이블엔 아껴두었던 접시를 꺼내두고
양초와 소품으로 분위기를 내봅니다.

곧 해가 지고 설레는 밤이 찾아오면
맛있는 음식을 잔뜩 차려놓고 도란도란 이야기하며
오늘 밤 찾아올 산타클로스를 떠올리겠죠.

분명 즐거운 크리스마스가 될 거예요, 올해도.

오늘은 좋은 날이잖아요

벌써 십이월도 며칠밖에 남지 않았네요.
돌이켜 생각해보면 올 한 해,
예상치 못한 일들도
마음 속상한 일들도 많았어요.

그래도 오늘은 크리스마스잖아요.

힘든 일들은 더 이상 생각하지 말아요.
집 안을 반짝이는 것들로 장식하고,
맛있는 음식을 먹으며 하루를 즐겁게 보내요.

그리고 좋은 일들이 가득할 새해를
우리 다시 기대해봐요.
크리스마스처럼 멋진 새해를
모두가 선물 받았으면 해요.

달콤한 휴식

기분이 울적한 날에는
핫초코 한 잔을 마셔요.

보글보글 물이 끓어오르는 소리를 들으며
커다란 머그잔에 초콜릿 가루를 담고
조심조심 뜨거운 물을 붓고
티스푼으로 동그랗게 동그랗게 여러 번 저어요.

두 손으로 머그잔을 쥐고
달콤한 내음을 듬뿍 들이마시고
핫초코를 살짝 맛보면,
나를 위로하는 달콤한 휴식이 되어요.

온통 하얀 세상 속, 우리

이것 봐요,
우리가 사는 숲에 눈이 이만큼이나 쌓였어요.

하룻밤 사이 하얀 옷으로 갈아입은 숲은
뽀득뽀득 재미있는 소리가 나는 카펫을 선물해주었네요.

이 소리가 들리나요?
사각사각 눈이 쌓이는 소리.
뽀드득뽀드득 눈이 뭉치는 소리.
아무도 밟지 않은 흰 눈 위에
우리 발자국이 새겨지는 소리가요.

이불 코트

이불로 된 코트가 있다면 얼마나 좋을까요.
추운 겨울날 아침, 막 잠에서 깨어났을 때
덮고 있던 온기 그대로를
하루 종일 입고 있을 수 있잖아요.

새해, 새 계획

새해에는 우리,

아침 식사는 거르지 말아요.

여유 시간에 그저 드러누워 시간을 보내기보다는

보고 싶었던 책도 읽고, 밖으로 산책도 다녀요.

계절과 자연의 아름다움을 매 순간 들여다보고,

소중한 이들과의 시간을 더 많이 보내요.

마주 보며 웃고, 서로 이야기를 나누는 시간들에

감사하기로 해요.

작은 일에 성내지 않고 작은 일에 기뻐하고요,

따뜻한 말 한마디, 다정한 눈길의 힘을

기억하기로 해요.

작지만 무척 중요한 이번 해의 계획들입니다.

첫 해맞이

돌이켜 보면
많은 일들이 있었던 해였습니다.
항상 즐겁고 웃음 나는 일상은 아니었지만,
내게 주어진 자그마한 것에도 고마워하고
소소한 행복을 매일 이야기하며 지냈어요.

그리고 다시 새로운 해.
흰 눈이 내리는 나의 숲에
발갛고 예쁜 해가 떠올라 우리에게 인사합니다.
올해엔 분명 더 좋은 일들이 많을 거예요.

등대

험난한 길이 될지도 몰라요.
먹구름이 잔뜩 낀 검푸른 하늘은
갑작스레 번개가 내리치거나 비가 올 수도 있고,
성난 바람을 이기지 못한 파도가
당신이 탄 작은 배를 집어삼킬 듯
거세게 철썩일지도 모르죠.

그럴 때 저 멀리에서도 한눈에 보일 정도로
밝은 등대,
내가 그 등대가 되어주고 싶어요.
어떤 어려운 상황 속에서도
당신이 갈 길을 조금이나마 밝히고
응원할 수 있는 빨간 등대 말이에요.

고마움을 표현하는 법

고마운 마음을 어떻게 다 표현할 수 있을까요.
가슴속 몽글몽글 채워지는 이 따뜻한 감정을
어떻게 단번에 당신께 전할 수 있을까요.

큰 담벼락 가득히 내 마음을 그려 보여주고 싶어요.
내가
이만큼
고맙고 사랑한다고.

작은 새싹으로 시작한 어린 나무가 자라
깊은 그늘을 드리우는 큰 나무가 되고,
그들이 모여 하나의 숲이 되기까지,
얼마나 많은 세월을 보내왔을까 생각하면
아득하게만 느껴집니다.

큰 나무가 땅속 깊이 내린 뿌리만큼이나
높게 뻗은 줄기와 가지를 타고 울창한 그늘이 드리워지면,
그 아래 가만히 앉아 있습니다.
가쁜 호흡을 내려두고
깊게 숨을 들이마시며 여유와 위안을 찾습니다.

제가 숲을 좋아하는 이유는 이것입니다.
초록의 숲은 제 불안과 조바심을 잠재워주고,
그저 넉넉한 품만 내어줍니다.

제 마음속에도 작은 숲이 자라나듯,
온전한 나로 존재하게 해줍니다.

그래서 지치고 힘들 때면
언제든 마음의 숲을 찾아가 나 자신을 들여다보고
돌봅니다. 그 올곧고 단단한 숲에 의지해
조금은 쉬었다 갑니다.

당신이 당신 마음의 숲을 거닐 때
검은색의 머리칼을 가진 한 소녀와
작은 동물 친구들이
웃으며 반겨줄지도 모르겠습니다.

마음을 어루만지는 애뻘 컬러링

나는 행복을 선택했어요

1판 1쇄 발행   2022년 9월 15일
1판 2쇄 발행   2022년 10월 24일

지은이   애뽈
발행처   (주)수오서재
발행인   황은희 장건태
책임편집   황은희
편집   최민화 마선영 박세연
마케팅   황혜란 안혜인
디자인   MALLYBOOK 최윤선, 정효진
제작   제이오
주소   경기도 파주시 돌곶이길 170-2 (10883)
등록   2018년 10월 4일(제406-2018-000114호)
전화   031 955 9790
팩스   031 946 9796
전자우편   info@suobooks.com
홈페이지   www.suobooks.com
ISBN   979-11-90382-79-3 (03810) 책값은 뒤표지에 있습니다.